Sklavin für eine Woche
Komplette Serie

Erika Sanders

Herrschaft und Erotische Unterwerfung

Zusammenfassung

Erika willigt ein, eine Woche lang Sandras Sklavin zu sein...

Sklavin für eine Woche ist ein Roman mit starkem erotischem BDSM-Gehalt und wiederum ein neuer Roman aus der **Herrschaft und Erotische Unterwerfung**, einer Reihe von Romanen mit einem hohen romantischen und erotischen BDSM-Gehalt.

(Alle Charaktere sind 18 Jahre oder älter)

Erika Sanders ist eine international bekannte Schriftstellerin, die in mehr als zwanzig Sprachen übersetzt wurde und ihre erotischsten Schriften, weit entfernt von ihrer üblichen Prosa, mit ihrem Mädchennamen signiert.

Index

SKLAVIN FÜR EINE WOCHE
KOMPLETTE SERIE
ERIKA SANDERS

ERSTER TEIL

„Du verstehst", sagte Sandra zu mir, „dass, sobald du mein Haus betrittst, gilt, was ich sage. Vollständiger und absoluter Gehorsam."

„Ähm, ja", sagte ich etwas ängstlich.

„Nicht ähm, ja", sagte sie fest, „Ja, Herrin."

„Ja Herrin", sagte ich mit etwas mehr Überzeugung.

"Viel besser." Sie öffnete die Tür und hielt sie beiseite, damit ich eintreten konnte. Ich ging an ihr vorbei, schleppte den Koffer mit den Sachen, die ich mitgebracht hatte, und blieb im Flur stehen. Sandra schloss die Tür und ging an mir vorbei. Ich überblickte ihre sichere Strebe. Sie war groß, fast 6 Fuß groß. Ich bin nur 5 Fuß 2 Zoll groß und fühlte mich von ihr in den Schatten gestellt. Sie hatte eine schöne Figur Hintern , schön kurvige Hüften und große Brüste mit C-Schalen. Ich war hingerissen.

Wir hatten uns in einem Pub getroffen und nachdem sie die Nacht durchgeredet hatten, hatte sie mich gefragt, ob ich aufgeschlossen sei. Ich hatte Ja gesagt und dann hatte sie mich gefragt, ob ich mich eher als dominant oder unterwürfig empfand.

Darüber musste ich nachdenken. Ich weiß, was ich will, aber ich freue mich auch, wenn jemand bereit ist, die Verantwortung zu übernehmen und mir zu sagen, was ich tun soll. Ich sagte ihr, dass ich unterwürfig sei.

Ich war schockiert, als sie mich fragte, ob ich ihr Sklave sein möchte.

"Was meinst du?" Ich hatte sie gefragt.

„Ich meine, dass du zu mir nach Hause kommst und bei mir bleibst und alles tust, was ich von dir verlange.

"Sexuell?"

"Alles." Ich musste nachdenken. Wir hatten über andere Dinge geredet, getanzt, getrunken und gegen Ende der Nacht geküsst. Es war ein wunderbarer Kuss, kraftvoll und voller Lust. Ich legte meine Hand auf ihre Brust und sie entfernte sie und sah mir in die Augen.

„Das ist für meinen Sklaven", sagte sie.

"Dann will ich dein Sklave sein."

Und jetzt waren wir hier, eine Woche später. Wir hatten einer einwöchigen Probezeit zugestimmt.

"Du hast dir noch nicht das Recht verdient, Klamotten zu tragen, Erika, zieh sie alle aus." Ich zögerte und sie trat näher an mich heran. "Reg mich von vornherein nicht auf, Erika, sonst wird die Strafe vollzogen. Zieh sie aus."

„Ja Herrin", sagte ich. Ich streifte meine Schuhe ab und zog dann auch meine Socken aus. Ich öffnete meine Jeans und ließ sie meine Beine hinuntergleiten, während Sandra dastand und mich beobachtete. Dann zog ich mir mein T-Shirt über den Kopf, sodass ich in Unterwäsche dastand. Mein Höschen kam als nächstes und schließlich mein BH. Ich faltete jedes Kleidungsstück ordentlich zusammen und legte es auf meine Tasche.

Sandra betrachtete meinen nackten Körper. Ich fühlte mich wie ein Stück Fleisch, nur da zu stehen. Sie warf einen Blick auf meine winzigen Brüste und streckte dann einen Finger aus und fuhr damit über meine erigierte Brustwarze.

„Du hast so süße kleine Brüste, Erika", sagte sie zu mir.

"Danke Herrin ."

„Zieh für mich an deinen Nippeln, zieh fest an ihnen, damit ich sehen kann, wie weit du sie bringen kannst und wie weit sie danach hervorstehen."

Ich warf einen Blick auf meine Brustwarzen und nahm eine in jede

Hand. Ich zog sie hart, bis es wehtat,
meine kleinen Brüste dehnten sich zu
Kegeln, die aus meinem Körper
herausragten. Als ich losließ, standen die
Brustwarzen stolz und aufgeregt
aufrecht.

"Gut gemacht Erika."

"Danke Herrin ." Ihre Augen musterten
mich weiter. Sie schaute auf meine
Muschi mit ihrem ordentlich getrimmten
Haaransatz und sagte: „Das geht einfach
nicht. Ich werde etwas fernsehen gehen,
Erika, und während ich das tue, wirst du
das für mich tun. Du gehst in mein
Badezimmer und nimmst eine Pinzette
aus der obersten Schublade des
Waschtisches. Dann holst du ein
Handtuch und kommst ins
Wohnzimmer. Während ich fernsehe,
legst du das Handtuch auf den
Couchtisch und setzt dich dann darauf
und reiße deine Schamhaare aus, bis
keine mehr übrig bleibt."

„Ja Herrin", antwortete ich. "Soll ich zuerst meine Sachen wegräumen, Herrin?"

„Dreh dich um", war ihre Antwort. Ich wandte mich von ihr ab und bevor ich mich weiter zu ihr umdrehen konnte, spürte ich einen stechenden Schlag auf meinen Hintern .

"Ich habe dich nicht gebeten, nachzudenken oder Vorschläge zu machen, Erika."

"Tut mir leid, Herrin." Ich ging ins Badezimmer, als Sandra sich von mir entfernte . Das war intensiver als ich erwartet hatte, erkannte ich und fragte mich, wie lange es dauern würde, bis ich zusammenbrach und ausstieg. Ich fand die Pinzette und ging zurück ins Wohnzimmer, wo Sandra vor dem

Fernseher saß. Ich legte das Handtuch auf den Couchtisch, damit ich den Fernseher sehen konnte, und spreizte dann meine Beine, um mich zu inspizieren.

"Nein, du stehst nicht vor dem Fernseher, Erika, du stehst vor mir, damit ich zusehen kann, wie du jedes Härchen aus deiner Muschi zupfst." Ich seufzte innerlich und drehte mich so, dass meine Muschi Sandra ausgesetzt war, und begann mit dem langen und mühsamen Prozess, Haare einzeln zu entfernen.

Ich war ungefähr eine halbe Stunde dabei, als ich anfing, den Drang zu verspüren, dass ich pinkeln musste. Ich sagte erst gar nichts und als Sandra das Zimmer verließ, um etwas zu unternehmen, ging ich gedankenlos ins Bad. Als ich zurückkam, sah ich Sandra stehen und auf mich warten.

"Wo zur Hölle bist du gewesen?" Sie fragte mich.

„Auf die Toilette Herrin, ich musste mal pinkeln", sagte ich erschrocken.

"Ich kann mich nicht erinnern, Ihnen die Erlaubnis dazu gegeben zu haben, oder?" Sie fragte.

„Nein, Herrin, es tut mir sehr leid, Herrin", antwortete ich.

„Tut mir leid, das reicht nicht, Sklave. Ich tat, was mir gesagt wurde, und kniete mich wie ein Hund auf den Tisch. „Spreiz deine Beine weiter", sagte sie. Ich spreizte meine Knie auseinander, bis sie an den Tischkanten waren. Ich konnte die kühle Luft des Zimmers an meinem freigelegten Anus und meiner Muschi spüren.

Zas! Ich spürte den stechenden Klaps von Sandras Hand auf meiner Arschbacke . Zas! Und auf der anderen auch.

"Weißt du, wofür das ist?" Ich wurde gefragt.

„Dass du nicht um Erlaubnis gefragt hast, Mistress", antwortete ich kleinlaut

„Das ist richtig. Und wenn du bestraft wirst, wirst du deiner Herrin danken, weil sie dir hilft, ein richtiger Sklave zu sein. Verstehst du?"

„Ja Herrin", antwortete ich. Zas! Ihre Hand schlug auf meine Schamlippen und ich biss mir auf die Lippe, anstatt aufzuschreien. Mein Instinkt sagte mir, dass es nur zu noch mehr Ärger führen würde.

„Danke Herrin ", sagte ich. Sie schlug wieder auf meine Muschi und dann noch dreimal und dann noch mehr auf meinen Arsch . Jedes Mal dankte ich ihr dafür, dass sie es geschlagen hatte.

„Okay, jetzt weiter, ich mag keine Haare auf meinem Grundstück", sagte sie zu mir. Ich setzte mich auf das Handtuch, mein Hintern war rot von der Tracht Prügel. Ich sah auf meine Schamlippen. Sie waren rot von den Schlägen. Aber ich war auch überrascht, als ich feststellte, dass zwischen meinen Schamlippen eine winzige Feuchtigkeitsperle war. Irgendetwas an der Art und Weise, wie ich behandelt wurde, begann mich anzumachen.

Irgendwann gelang es mir, die letzten Haare aus meiner Muschi zu zupfen. Mir wurde befohlen, mich zurückzulehnen, meine Beine zu spreizen und meine Knie zu mir heranzuziehen, sodass ich vollständig entblößt war. Sandra ging hinüber und kniete sich zwischen sie. Sie untersuchte meine Muschi genau, aber sie berührte sie nicht. Ich war so geil! Sie so nah zu haben, nah genug, dass sie wahrscheinlich meine Muschi berühren würde, wenn sie ihre Lippen leckte , aber es trotzdem nicht zu berühren, machte mich wahnsinnig. Ich wollte, dass sie mich leckt. Verzweifelt. Ich hätte nicht gedacht, dass ich fragen könnte.

Nach ein paar Minuten leckte Sandra mich mit einem schönen langen Leck von der Basis meines Schlitzes bis zur Spitze. Aber das war es. Ich konnte spüren, wie meine Säfte aus meiner Muschi strömten, und als ich mich aufsetzen durfte, berührte ich mich selbst, mein Finger löste sich ganz leicht zwischen meinen Lippen.

„Ich sehe, dass du das nicht wirklich verstehst, Erika", sagte Sandra zu mir, als sie mich dabei beobachtete. „Du tust NICHTS ohne meine Erlaubnis. Du gehst nicht auf die Toilette und du masturbierst nicht. Komm her, ich glaube, ich muss die Lektion verstärken."

Ich dachte, ich würde gleich wieder verprügelt werden. Und trotz der Tatsache, dass es ein bisschen wehgetan hatte, freute ich mich darauf. Aber Sandra führte mich zu einem Holzstuhl. Es hatte eine Leistenholzlehne und einen Massivholzsitz. In den Sitz war eine kleine stumpfförmige Vertiefung eingeformt, und ich saß dort, wie ich angewiesen wurde.

„Gib mir deine Hände", sagte Sandra hinter mir. Ich stellte sie hinter mich und sie wurden ergriffen und schnell an den Stuhl gebunden. Sandra kam dann vor mir herum und fesselte auch meine Fußgelenke an den Stuhl. Dann schob sie den Stuhl (natürlich mit mir darauf) dorthin, wo ich sitzen und sie beobachten würde. Dann ging Sandra in die Küche und kam mit einem großen Glas Wasser zurück.

"Trink das Erika", sagte sie zu mir. Sie setzte mir das Glas an die Lippen und ich trank ungefähr die Hälfte, ohne zu atmen. Dann hob sie es hoch und goss es mir in den Mund. Ich hatte es nicht erwartet und es gab mehr, als ich ertragen konnte. Es floss an meinen Lippen vorbei und lief meinen Hals und meine Brüste hinunter und auf den Sitz. Ich saß in einer sehr seichten Pfütze. Ich konnte das kalte Wasser an meinem Anus und meinen Schamlippen spüren. Es gab jedoch wenig, was ich tun konnte, um es zu bewegen.

Sandra ließ mich allein, und ich wurde alleingelassen, um zu sitzen und ihr beim Fernsehen zuzusehen. Jedes Mal, wenn eine Werbung lief, füllte sie das Glas und ließ mich trinken. Das ging zwei Stunden so.

Wieder hatte ich das Bedürfnis zu pinkeln. Ich wurde verzweifelt. Ich hatte den Überblick verloren, wie viel Wasser ich getrunken hatte, aber meine Blase drohte zu explodieren! Ich wand mich auf meinem Sitz, aber keine Position half.

"Musst du pinkeln, Sklave?" Sandra hat mich gefragt, wann sie mich dabei gesehen hat.

„Ja Herrin", antwortete ich erleichtert, dass ich gleich auf die Toilette gehen durfte.

„Dann hast du meine Erlaubnis zu
pinkeln“, antwortete sie.

„Ähm, kannst du mich losbinden, damit
ich pinkeln kann, Herrin?“ Ich fragte.

„Du musst kein ungebundener Sklave
sein, nur pinkeln“, sagte Sandra.

"Hier?" fragte ich verwirrt.

Sandra trat vor und nahm meine linke
Brustwarze zwischen Daumen und
Zeigefinger. Sie zog kräftig daran. „Pass
auf. Pipi“, sagte sie und zog noch einmal
daran . Ich versuchte mich zu
entspannen. Es war nicht einfach.
Sandra stand direkt vor mir. Ich war es
nicht gewohnt, dass mir jemand dabei
zusah. Ich war es auch nicht gewohnt,
gefesselt zu sein.

Ich konnte es kommen spüren, diesen anfänglichen Rausch, den Fluss aus meiner Blase zu meinen Lippen.

"Verschwende nicht meine Zeit, Sklave, Pipi", sagte Sandra zu mir. Und dann fühlte ich es. Meine Pisse platzte zwischen meinen Lippen hervor wie eine Flut, die einen Deich bricht. Es spritzte auf den Stuhl und dann über die Kante und vermischte sich mit dem Wasser, das sich um mich herum gesammelt hatte.

Sandra kniete sich vor mich hin und beugte sich, während ich staunend zusah, nach vorne, sodass der Strahl meiner Pisse über ihre Bluse spritzte.

„ Oh, gutes Mädchen", sagte sie zu mir und ich freute mich über das Kompliment. Ich sah zu, wie meine Pisse in Sandras Bluse sickerte, bis nichts mehr zum Pissen übrig war. Sie griff nach vorne und fuhr mit ihrem Finger durch die Pisse, die sich um meinen Hintern und meine Muschi gebildet hatte, hob sie dann zu meiner Brustwarze und wischte sie darüber. Es war eine feuchte, elektrische Berührung, die einen Schauer durch meinen Körper jagte. Dann stand sie auf und ließ mich dort zurück. Ich wusste nicht, was ich tun sollte. Ich saß einfach in einer flachen Lache meiner eigenen Pisse.

Sandra kehrte zurück. Sie trug wieder das Glas Wasser. Sie hat mich dazu gebracht, es zu trinken. Dann packte sie mich an den Haaren und zog mein Gesicht an ihre Brust.

„Saug meine Tittensklavin", sagte sie zu mir. Sie stieß mir ihre Brust ins Gesicht und ich öffnete meinen Mund und saugte an ihrer Brust, bekleidet mit ihrer Bluse, die von meiner Pisse durchnässt war.

„Weißt du, ich fange an, dich zu mögen,
Sklave. Sie zog ihre Bluse aus und dann
ihren BH. Ich sabberte fast buchstäblich,
als ich ihre Brüste sah. Sie waren
erstaunlich. Sie ließ ihre Klamotten in
die Pfütze aus Pisse und Wasser fallen
und saß dann einfach nur da und sah
fern, während ich immer noch in einer
schnell abkühlenden Pfütze saß, die ich
auf meinen nackten Lippen und meinem
gekräuselten kleinen Anus spüren
konnte.

Ich muss noch eine halbe Stunde dort
gesessen und mich gefragt haben, ob ich
die ganze Nacht hier bleiben würde.

„Zeit für mich, ins Bett zu gehen“,
verkündete mir Sandra, die mit
entblößten, wunderbar großen Brüsten
vor mir stand und mich neckte. „Ich
werde dich jetzt losbinden, Erika, und
ich möchte, dass du meinen
Anweisungen folgst. Ich werde mich
bettfertig machen. Während ich das tue,

wirst du dieses Chaos aufräumen. Dann kommst du in mein Zimmer und leckst mich bis Ich komme. Verstehst du?"

„Ja Herrin", antwortete ich. Sandra trat hinter mich und band mich los. Ich rieb mir die Handgelenke, als Sandra wegging, und machte mich dann daran, die Unordnung auf dem Boden, dem Stuhl und Sandras Bluse aufzuräumen. Ich hörte die Dusche und überlegte kurz, dass es eine großartige Gelegenheit wäre, mich selbst zu befriedigen, war aber vorsichtig. Da ich mein Glück kannte , würde ich erneut erwischt und bestraft werden. Und wer weiß, was Sandra als nächstes einfallen würde.

Ich ging rechtzeitig ins Schlafzimmer, um zu sehen, wie sie nackt aus dem Badezimmer trat. Sie war so sexy. Sandra lag auf dem Bett und spreizte ihre Beine. „Friss mich Sklave", sagte sie zu mir.

Ich kroch zwischen ihre Beine und beäugte ihre seidige, haarlose Muschi. Ihre Lippen waren bereits angeschwollen, offensichtlich bereit für etwas Liebe, ihre Klitoris erigiert und spähte zwischen ihren Lippen hervor. Ich benutzte meine Finger, um ihre Schamlippen zu teilen und fuhr dann mit meiner Zunge durch ihren Schlitz, drückte hinein und dann nach oben und über ihre Klitoris.

„Oh ja", murmelte sie, bevor sie mich ermutigte und verlangte, dass ich weitermache. Meine Zunge arbeitete immer und immer wieder über ihre Muschi, rein und raus und hin und her. Ich konnte fühlen, wie meine eigenen Säfte zwischen meinen Lippen hervorquollen, ich war so erregt. Ich wollte unbedingt etwas Aufmerksamkeit , konzentrierte mich aber darauf, meine Herrin zu befriedigen. Sie hat wunderbar geschmeckt.

Ich hörte, wie ihr Atem sich verkürzte, keuchte und keuchte, und dann wurde mein Kopf zwischen ihren Schenkeln eingeklemmt, als sie kam und einen Schwall Flüssigkeit in mein Gesicht spritzte! Ich leckte und schlürfte und Sandra schrie auf und zuckte vor Lust.

„Braves Mädchen Erika", sagte sie, als sie stehen blieb , und ich war überrascht, wie sehr ich mich über dieses Lob freute. Sandra betrachtete den feuchten Fleck, der sich auf ihrem Laken ausbreitete, und lächelte.

"Ich glaube, ich brauche einen Sklave ohne Gegentor." Sie hat mir gesagt, wo ich es finden kann, und ich bin gegangen, um eins für sie zu holen. Nachdem ich es aufs Bett gelegt hatte (Sandra beobachtete mich die ganze Zeit) fragte ich sie, was ich mit dem Nassen machen solle.

„ Oh, du darfst auf diesem Schatz schlafen. Am Fußende meines Bettes", wurde ich informiert. Sandra ließ mich am Fußende ihres Bettes liegen und band einen Knöchel an den Bettpfosten, damit ich mich nicht sehr weit von ihr entfernen konnte. Sie sagte mir, ich solle meine Beine spreizen, damit sie sich meine Muschi noch einmal ansehen könnte. Sie fuhr mit einem Finger durch meinen Schlitz und mein Rücken wölbte sich und versuchte, den Kontakt so lange wie möglich aufrechtzuerhalten . Ihr Finger wurde in mich gesteckt und ich schrie auf und die Freude, die ich nach einem Tag der Entbehrung endlich spüren durfte. Es wurde zurückgezogen und ich sah zu, wie Sandra es sauber lutschte.

"Gute Nacht, Sklave." Sie hüpfte auf das Bett. "Und falls du dich fragst, wenn du pinkeln musst, tu es dort, es sei denn, ich binde dich morgen früh los." Und damit hörte ich nichts mehr von ihr.

Ich brauchte ziemlich lange, um einzuschlafen, aber ich schaffte es schließlich.

Als ich aufwachte, stand Sandra nackt über mir. Es war der schönste Blick ihre langen, langen Beine hinauf, an ihrem kahlen Schlitz vorbei, bis zur Wölbung der Unterseite ihrer Brüste, ihr Kopf nach vorne gebeugt, so dass ich ins Gesicht sah. Ich streckte mich und stellte fest, dass ich bereits losgebunden war.

„Die sind für dich", sagte sie zu mir und ließ lächelnd ein blaues Baumwollhöschen über mir fallen.

„ Oh, danke Herrin", sagte ich ehrlich erfreut. Sie sah zu, wie ich sie anzog, und ließ mich dann vor ihr stehen.

"Herrin, darf ich bitte die Toilette benutzen?" fragte ich sie etwas nervös.

"Nein. Knie nieder", sagte sie zu mir. Ich kniete vor ihr. „Wenn du bereit bist zu gehen, pinkel in das Höschen, Sklave. Ich will sehen, wie du sie nass machst." Sie setzte sich im Schneidersitz vor mich und wartete. Es dauerte nicht lange, bis ich es nicht mehr halten konnte, nachdem ich gerade aufgewacht war. Ich fühlte dieses Kribbeln und Rauschen und dann wurde das Höschen nass, meine Pisse tränkte den Stoff und lief dann mein Bein hinunter. Ich teilte sie leicht und es fiel auf das Laken, auf dem ich geschlafen hatte.

„Ich sehe dir gerne beim Pinkeln zu, Sklave", sagte Sandra. "Jetzt kannst du mich beobachten." Sie stand vor mir und lehnte sich leicht zurück, öffnete ihre Schamlippen mit ihren Fingern. Ich hatte kaum registriert, was sie tat, als ein scharfer Strahl warmer Pisse wie eine Quelle aus ihr herausspritzte, mich auf die Brust traf, über meine Brustwarzen und meinen Bauch und hinunter zu meiner Muschi lief. Ich fühlte ihren warmen Natursekt auf meinen kahlen Lippen.

„ Oh, du wirst zu einer wunderbaren Sklavin, du hast nicht einmal mit der Wimper gezuckt“, sagte Sandra lächelnd zu mir. Sie streckte ihre Hände aus und ich legte meine in ihre. Sie hob mich auf meine Füße und zog mich an sich, mein Körper war nass von ihrer Pisse, die gegen ihren gedrückt wurde. Mein Gesicht war nur knapp über der Höhe ihrer Brustwarzen und ich fühlte, wie ich gegen ihre erstaunlichen Titten gedrückt wurde. Ich wollte unbedingt an ihrem großen Nippel saugen.

„Komm und dusche mit mir Erika“, sagte Sandra. Wir gingen ins Badezimmer und bald stand ich mit ihr in der Nische, vor allem noch mit dem Höschen bekleidet. Sandra ließ mich sie gründlich waschen, dabei auf ihren Anus achten und darauf bestehen, dass ich meinen Finger in ihr enges Loch stecke. Dann nahm sie die Seife von mir und fing an, meinen Körper zu waschen.

Ich hatte mich noch nie so sehr nach der Berührung einer Frau gesehnt wie damals, als sie anfing, mit ihren Händen über meine winzigen Brüste zu streichen. Sie schnippte und kniff und neckte meine Nippel und ich stöhnte bei jeder Berührung.

Sandra bewegte den Wasserstrahl so, dass er mich verfehlte und dann war ihre Hand unten im Höschen und seifte mein Gesäß ein. Ich spürte, wie ihr Finger gegen meinen Anus drückte, und ich drückte ihn zurück, fühlte, wie er ein wenig hineinrutschte.

„Das muss dich umbringen , Erika, ich
wette, alles, was du jetzt willst, ist
abzuspritzen.“

„Oh ja, Herrin“, brachte ich mit einem
Zittern in meiner Stimme heraus. Ich
sah, wie sie ein Rasiermesser aufhob
und es in ihrer Hand drehte. Sie fing an,
den Griff mit Seife zu beschmieren, und
ich spürte, wie das Höschen an meinen
Beinen heruntergezogen wurde. Sie
drehte mich zur Wand und ließ mich
meine Hände vor mich legen und meine
Beine spreizen. Dann wurde die Spitze
des Rasiermessergriffs in meinen Anus
geschoben. Ich stöhnte und es wurde
härter gestoßen.

Sandra hörte nicht auf, bis die ganze
Hand tief in meinem Arsch war , nur das
aufgeweitete Ende, wo normalerweise
das Rasiermesser angebracht wäre,
hinderte sie daran, es weiter

hineinzuschieben. Sie drehte es in mir, die Kurve des Griffs drehte sich in meinem Hintern. Es war fast genug, um mich zum Orgasmus zu treiben. Fast, aber nicht ganz.

Dann wurde es zurückgezogen, mein Hintern wurde abgewaschen und das Höschen wieder in Position gezogen. Wieder war meine Muschi verlassen worden. Wir kamen aus der Dusche und Sandra trocknete sich ab. Mir wurde kein Handtuch gegeben.

Sandra führte mich dann ins Schlafzimmer und sagte mir, dass sie einige Dinge zu erledigen habe. Als ich auf ihr Bett gelegt und gefesselt wurde, sagte sie mir, dass sie eine gute Vorstellung davon hatte, wie geil ich war, und nicht darauf vertraute, dass ich nicht zum Orgasmus komme, während sie weg sei. Also war ich gefesselt mit Bewegungsfreiheit, aber nicht genug, um einen der Knoten oder meine Muschi zu erreichen. Das Beste, was ich schaffen konnte, war, eine Hand an meine Brustwarze zu bekommen.

Dann war ich allein.

Stunden später wurde ich von Stimmen geweckt, die das Schlafzimmer betraten.

ZWEITER TEIL

Die Türklingel läutete.

„Geh und sieh nach, wer vor der Tür steht, Erika“, hörte ich Sandra rufen. Besorgt ging ich zur Tür. Immerhin durfte ich im Haus nichts als ein Höschen tragen, wer auch immer da war, konnte meine kleinen Brüste und erigierten Nippel sehen.

Zögernd spähte ich durch den Türspion und sah dort einen Mann stehen.

Es war schwer zu sagen, wie er durch diese verzerrte Sicht wirklich aussah, aber er trug einen Anzug.

„Toll, dachte ich mir, ich beschere gleich einem Verkäufer den größten Nervenkitzel seines Jahres!“ Ich öffnete

die Tür und schwang sie so weit auf,
dass ich um sie herum spähen konnte.

"Ja?" Ich fragte.

"Ist Sandra da?" fragte er mich, seine
Augen wanderten von meinem Gesicht
nach unten zu meinem Hals und meinen
Schlüsselbeinen. Er leckte sich über die
Lippen. Ich glaube, er wusste, dass ich
hinter der Tür nicht richtig angezogen
war.

"Wer darf ich sagen, ruft an?"

"Dan."

„Warte hier bitte einen Moment", sagte
ich zu ihm und schloss die Tür. Ich
machte mich auf die Suche nach Sandra
und fand sie aus der Toilette kommend.

„Da ist ein Dan hier, um dich zu sehen ,
Sandra", informierte ich sie.

„Oh, wie schön", rief sie aus. "Bitte gehen
Sie und lassen Sie ihn herein, dann
bringen Sie ihn in die Lounge."

Ich kehrte zur Tür zurück und öffnete
sie, dieses Mal weit genug, dass Dan
hineingehen konnte. Ich spürte, wie
seine Augen an meinem Körper auf und
ab wanderten, und spürte, wie ich auf
die offene Einschätzung reagierte. Es
wurde nichts gesagt, aber Dan trat ins
Foyer, damit ich die Tür schließen
konnte.

„Folgen Sie mir bitte", sagte ich ihm und
ging in Richtung der Lounge davon. Ein
Blick über meine Schulter vergewisserte
sich, dass er mir folgte, und sagte mir
auch, dass seine Augen zu diesem
Zeitpunkt an meinem in ein Höschen
gekleideten Hintern klebten.

Ich führte Dan in die Lounge, wo Sandra auf der Couch saß. Als Dan ankam, stand sie auf und trat ein, um ihn zu umarmen.

"Hey, Dan, es ist so schön, dich zu sehen!" Sie sagte.

" Ebenso Sandra. Ich war geschäftlich in der Stadt und musste mal vorbei."

"Möchten Sie etwas trinken?"

"Scotch?" Fragte Dan.

„Natürlich. Erika, bitte bring Dan einen Scotch. Auf Eis, ja?" sagte sie und bestätigte es mit Dan. Er nickte und ich machte mich auf den Weg zum Spirituosenschrank auf der anderen Seite des Couchtisches, von wo aus er und Sandra sich jetzt auf die Couch gesetzt hatten. „Und hol mir auch eins“, fügte sie hinzu.

Ich beugte mich vor und hielt meine Knie gerade, als ich die Flasche aus dem Schrank holte, sicher, dass meine in Höschen gehüllte Muschi Sandra gerade stand, wie es mir gesagt worden war, als ich Dinge von unten holte. Sandra mochte meine Beine und wollte nicht, dass ich eine Gelegenheit vergeude, sie zu bewundern.

Ich reichte Dan einen Drink und gab dann Sandra ihren, bevor sie sagte: „Danke, Erika, du darfst dich auf das Kissen setzen.“ Sie deutete auf ein Kissen in der Ecke der Lounge , und ich ging hin und setzte mich mit gekreuzten Beinen hin, wobei ich mir bewusst war, dass Dan seinen Blick hin und wieder zu meinen Brüsten schweifen ließ, während sie sprachen.

Sie hatten sich etwa eine halbe Stunde unterhalten und ich hatte ihre Getränke ein paar Mal nachgefüllt, als Sandra zu Dan sagte, nachdem er mich noch einmal angesehen hatte: "Magst du mein neues Spielzeug?"

„Sehr gerne, sie ist extrem süß, Sandra, du hast dir das sehr gut gemacht.“

„Ja, sie hat auch recht schnell gelernt“, sagte Sandra und ich spürte ein warmes Leuchten bei dem Lob.

„Irgendetwas an diesen kleinen Brüsten zieht meine Aufmerksamkeit immer wieder auf sich“, sagte Dan. "Ich kann es nicht genau sagen, weil ich normalerweise eher auf ein nettes dralles Mädchen wie Sie stehe, aber sie hat etwas ..."

„Ich weiß, was du meinst“, erwiderte Sandra, „Mir ging es am Anfang genauso. Jetzt nehme ich es als selbstverständlich hin.

"Macht es dir etwas aus, wenn ich es versuche?"

"Natürlich nicht. Erika, bitte komm her." Ich stand auf und ging zu den beiden hinüber. "Knie hier." Ich kniete vor ihnen. Dan streckte die Hand aus und strich über meine Brust, bevor er meine linke Brustwarze zwischen Daumen und Zeigefinger nahm. Er zog und drehte und ich fühlte einen stechenden Schmerz durch meine Brust schießen. Ich stöhnte und konnte mir nicht helfen.

Sandra streckte die Hand aus und zog gleichzeitig an meiner rechten Brustwarze, und ich stöhnte erneut.

„Das sind hübsche kleine Nippel, nicht wahr?" sagte sie zu Dan, der ihr zustimmte. Die beiden spielten noch eine Weile mit meinen Brustwarzen und hörten dann plötzlich (zumindest schien es mir) auf und nahmen ihre Unterhaltung wieder auf. Ich kniete einfach da, da ich keine Anweisung erhalten hatte, irgendetwas anderes zu tun.

Dann wurde ich gebeten, mehr Getränke zu holen, und das habe ich auch getan. Nachdem ich sie abgeliefert hatte, zögerte ich, unsicher, wohin ich zurückkehren sollte, kniete mich vor sie oder in die Ecke. Sandra muss es bemerkt haben und mich angewiesen haben, wieder vor ihnen zu knien.

„Aber zieh dieses Höschen aus, ich möchte, dass Dan deine gezupfte Muschi sieht ...", fügte sie hinzu, als ich halb auf dem Boden war. Ich stand wieder auf und zog mein Höschen an meinen

Beinen herunter und enthüllte meinen glatten, kahlen Hügel. Dan saß da und bewunderte mich, sein Blick blieb an meiner Muschi hängen.

"Nun, sie hat sicherlich eine schöne Muschi, hast du gesagt, sie ist gezupft?" Sagte Dan, während er mit einer Hand den Schritt seiner Hose zurechtrückte.

„Ja, du weißt, wie ich Haare nicht mag und Stoppeln zu rasieren ist eine Abneigung, also habe ich sie dazu gebracht, sich hinzusetzen und sich selbst zu zupfen, ein Haar nach dem anderen. Es war sehr angenehm und ich denke, ihre Muschi sieht dadurch viel besser aus .

"Ich wette, es ist schön eng."

„Ich weiß es noch nicht, ich habe ihr nicht erlaubt, etwas mit ihrer Muschi zu tun, und ich auch nicht, seit sie hier ist. Sie muss sich das Recht verdienen, in diesem Haus ordentlich gefickt zu werden." Es macht sie schön und nass aber ", fügte Sandra hinzu, hob mein weggeworfenes Höschen auf und zeigte Dan die nasse Spur im Schritt.

Ihr Reden über mich, als ob ich nicht da wäre, fing an, mich anzumachen. Die ganze Objektbehandlung hatte mich zuerst demoralisiert, aber jetzt sagte es mir: "Das ist deine Rolle und du wirst geschätzt. Genieße es und genieße es." Es machte Dan offensichtlich auch an, denn er hatte eine offensichtliche Erektion in seiner Hose.

"Warum Dan, gibt es etwas, bei dem du Hilfe brauchst?" fragte Sandra ihn, als er sich anschickte, sich anzupassen. Sie streckte eine Hand aus und streichelte seinen Schwanz durch seine Hose.

"Ich würde etwas Hilfe begrüßen."

„Dann stehst du besser auf“, sagte sie zu ihm. Dan stand auf und Sandra sagte mir, ich solle seine Hose öffnen und seinen Schwanz herausholen, aber ihn nicht berühren. Ich öffnete seinen Gürtel und dann den Knopf und Hosenschlitz seiner Jeans, die zu Boden rutschten. Er hatte erstaunliche Beine und muss ein Radfahrer gewesen sein, weil sie keine Haare hatten. Sein Schwanz stieß gegen seine Boxershorts, die ich auszog, vorsichtig, um sie zu manövrieren, ohne seinen Schwanz einzuklemmen oder zu berühren. Es war lang und dick und sehr beeindruckend. Ich wollte die Hand ausstrecken und sie festhalten , wusste aber , dass das mehr Ärger bedeuten würde, als ich mir vorstellen konnte.

Dan lehnte sich auf der Couch zurück und Sandra beugte sich vor und begann, Dans Schwanz entlang zu lecken. Ich beobachtete, wie ihre Zunge sanft über die Adern tanzte und sich um den Kopf kräuselte. Dan stöhnte.

„Du kannst mit ihren Titten spielen, Dan , und du kannst ihren Hügel berühren, aber berühre oder durchdringe nicht ihre Lippen", sagte Sandra zu ihm, bevor sie seinen Schwanz tief in ihren Mund nahm. Sie glitt sanft an seiner Länge auf und ab.

Dan streckte die Hand aus und zog mich an meiner rechten Brustwarze näher zu sich. Die Finger seiner anderen Hand tanzten über die glatte Haut meines Hügels, gefährlich nahe an meinen Lippen, ohne sie zu berühren. Dann zog er wieder an meinen Nippeln. Hart. Es tat weh, er zog so stark, dass ich sicher war, dass er sie verletzte, aber ich schrie nicht auf, stand einfach da und nahm den Schmerz, konzentrierte mich auf Sandra mit einem Schwanz, der in ihren Mund glitt.

Sie hielt inne und zog ihr Oberteil über den Kopf, bevor sie ihren BH losließ und ihre massiven Brüste herrlich frei heraussprangen. Sie packte Dans Schwanz und positionierte ihn zwischen ihren Brüsten, wobei sie ihn mit ihren Händen zwischen ihren Brüsten festhielt . Dann tröpfelte sie Spucke aus ihrem Mund über die Spitze seines Schwanzes und begann, ihre Brüste auf beiden Seiten seines Schwanzes auf und ab zu schieben.

Dan hörte auf, mir Aufmerksamkeit zu schenken, und sah zu, wie Sandra seinen Schwanz mit ihren Titten fickte. Dann begann sie, sich mit ihrer Zunge an seinem Körper nach oben zu arbeiten, bis sie auf ihm lag, ihre Brüste gegen seine Brust gedrückt und ihre Beine zu beiden Seiten von ihm gespreizt. Dan zog ihren Rock an, bis er um ihre Taille gerafft war. Dann packte er ihre Strumpfhose und riss sie auseinander.

Sandra trug kein Höschen unter ihrem Schlauch.

Sandra beugte sich vor und Dan packte seinen Schwanz und zielte damit auf ihre Muschi. Sie drückte sich wieder nach unten und glitt an seiner Stange entlang, um sie in sich einzubetten. Ich stand neben ihnen, während Sandra auf seinem steifen Schwanz auf und ab ritt, wartete und fragte mich, was ich tun würde. Sandra muss meine Gedanken gelesen haben.

„Komm her", sagte sie zu mir und sobald ich nah genug war, nahm sie einen Nippel in ihren Mund und saugte eifrig daran, während sie auf und ab hüpfte. Dann drückte Dan Sandra zurück, bis sie die Positionen getauscht hatten und er sich über sie hielt, seinen Schwanz in einer Missionarsstellung in sie trieb, seine Eier schlugen bei jedem Einwärtsstoß gegen sie.

Ich hörte ihn grunzen und sah, wie er sich festhielt und sein Sperma offensichtlich tief in sie spritzte, bevor er seinen Schwanz herauszog.

„Danke Sandra, das war so wunderbar wie immer", sagte er zu ihr.

„Mach ihn sauber, Erika, benutze deinen Mund", sagte Sandra und sah zu mir herüber. Ich kniete mich hin und Dan saß mit gespreizten Beinen auf der Couch, sein Schwanz war noch nicht ganz verbraucht und glänzte von ihren kombinierten Säften. Ich benutzte meinen Mund, saugte und leckte an seinem Schwanz und reinigte ihn von ihrer Lust. Als ich das tat, erhob er sich wieder in einen vollständig erigierten Zustand und ich genoss es, einen so großen Schwanz zum Saugen zu haben.

„Hör auf Erika, er ist sauber. Du musst mich jetzt putzen. Und dieses Mal hörst du nicht auf, bis ich komme." Sandra hat es mir gesagt. Ich bewegte mich zwischen ihre Beine und sie glitt nach vorne, bis ihr Hintern an der Kante hing, die Beine für mich gespreizt.

Ich bewunderte ihre Muschi und legte meine Zunge sanft an ihre Schamlippen, leckte und reinigte sie. Dann sah ich Sperma zwischen ihren Lippen und hinunter zu ihrem Anus fließen. Ich jagte ihr mit meiner Zunge hinterher, musste sie rundherum und über ihr verzogenes Loch lecken, um den Anforderungen der mir gestellten Aufgabe gerecht zu werden. Sandra stöhnte laut auf, als meine Zunge über ihren Anus tanzte.

Ich tastete zwischen ihren Lippen herum, leckte, saugte, säuberte das Sperma von ihr und bewegte mich dann nach oben zu ihrer Klitoris. Ich fuhr mit meiner Zunge über die Spitze und dann wieder nach unten, bevor ich sie herum und herum kreisen ließ. Aus dem Augenwinkel konnte ich sehen, wie Dan seinen Schwanz streichelte, während er mich bei meiner Herrin beobachtete.

Ich gewöhnte mich an einen Rhythmus und wurde belohnt, als ich Sandra aufschreien hörte und ihr Körper von ihrem Orgasmus verkrampft wurde.

Als sie sich erholt hatte , sagte sie mir, dass ich jetzt in die Ecke zurückkehren könne. Ich war mir sehr bewusst, wie feucht meine Muschi war, als ich durch den Raum zurückging. Dan und Sandra saßen da und unterhielten sich noch ein bisschen, da sie es beide nicht für lohnend hielten, sich um die Wiederherstellung ihrer Kleidung zu kümmern.

„Sie ist sicherlich ein entzückendes junges Spielzeug", sagte Dan einmal.

"Irgendeine Chance, dass ich ihr in den Mund spritzen kann?"

„Ich habe eine andere Idee. Sie war sehr gut und verdient eine Belohnung. Nicht so gut, wohlgemerkt", fügte Sandra hinzu, als sie sah, wie seine Augen aufleuchteten. „Komm mit, Erika", sagte sie. Ich folgte Sandra ins Schlafzimmer, wo sie mit einer Schnur wartete. Sie ließ mich meine Arme an meiner Seite halten und band das Seil auf Ellbogenhöhe um mich herum, so dass ich meine Unterarme bewegen konnte, aber nicht meine Oberarme. Es war lang genug, dass sie es um und um meine Brust wickeln konnte, meine Oberarme völlig still band und genug Länge ließ, dass sie mich daran führen konnte.

Und sie tat es, ging zurück in die Lounge, wo Dan wartete, mehrere Seillängen um ihren anderen Arm geschlungen.

„Das sieht jetzt vielversprechend aus“,
sagte Dan, als er uns näher kommen sah.

„Knie nieder, Erika“, sagte Sandra zu mir.
Ich kniete mich hin und spürte, wie
Sandra ein weiteres Stück Schnur um
meine Beinrückseite legte. „Lehnen Sie
sich jetzt auf Ihre Fersen zurück und
lehnen Sie sich dann nach vorne, um
Ihren Kopf auf den Boden zu legen,
sodass Ihre Knie an Ihrer Brust
anliegen.“ Ich habe es so gemacht. Das
Stück Schnur, das jetzt hinter meinen
Knien durch meine gefalteten Beine
eingeklemmt war, wurde über meinen
Nacken geführt und dann davor
gebunden. Sandra passt mich etwas an.

Am Ende hatte ich meine Unterarme und
Unterschenkel auf dem Boden, gefaltet,
so dass ich mich nicht bewegen konnte,
mein Hintern zeigte nach hinten. Es war
nicht bequem und ich hoffte, dass es nur
bedeuten könnte, dass Sandra mich von

Dan ficken lassen und mir etwas
Erlösung verschaffen würde.

Ich hatte fast so viel Glück.

„Das spare ich mir auf", hörte ich Sandra
hinter mir sagen, als ein Finger ganz
langsam über meine linke äußere
Schamlippe strich. Ich schauderte bei
der Berührung. „Aber ich denke, dass es
an der Zeit ist, dass dieses Spielzeug ein
wenig benutzt wird . Schließlich soll mit
Spielzeug gespielt werden und nicht in
seiner Verpackung im Regal gelassen
werden. Und deshalb werde ich dich sie
ficken lassen, Dan, genau hier."

Ich spürte, wie ihr Finger leicht auf der
Mitte meines Anus ruhte.

„Jetzt gibt es ein Geschenk, das ich gerne
annehmen werde", erwiderte Dan.

„Lass mich sie einfach für dich vorbereiten“, sagte Sandra. Sie verließ das Zimmer und kam zurück. Das erste, was ich fühlte, war ihre Zunge, die leicht um meinen Anus leckte. Es war wild. Ich wollte antworten, war aber zu fest gebunden, um es zu tun. Dann spürte ich, wie etwas Geiles über meinen Hintern lief.

Sandra fing an, es in meinen Anus zu reiben. Das muss Schmiermittel sein, dachte ich mir. Sie drückte an meinem Anus, ohne einzudringen, fuhr mit ihrem Finger oder Daumen eine Weile über den Eingang hin und her, bis zu dem Punkt, an dem sie ihren Finger in mich hineinspießte. Ich schnappte nach Luft, als sie es fest an dem Widerstand meines Muskelrings vorbeischob.

Sie schob es ein paar Mal hinein und heraus, bevor sie mehr Gleitmittel auftrug und einen zweiten Finger mit dem ersten hineindrückte. Ich keuchte.

"Ok Dan, denkst du, du schaffst das?" fragte sie lachend.

„ Oh, ich bin sicher, dass ich das kann", antwortete er. Ich fühlte die Spitze seines großen Schwanzes an meinem Anus ruhen. Der Druck nahm langsam zu, bis ich spürte, wie er in mir nachließ. Ich biss mir auf die Lippe, um jedes Geräusch zu unterdrücken, das ich machen könnte, während er sich langsam, aber bestimmt in mich vorarbeitete. Ich konnte nicht glauben, wie groß es sich anfühlte. Ich wollte mich rechtzeitig anpassen, mich auf das Kommende vorbereiten, durfte es aber nicht. Er drang unerbittlich ein und ich hatte keine andere Wahl, als ihn zuzulassen. Und dann hörte er auf. Er hielt seinen Schwanz so weit in mir, dass ich dachte, er wäre bereit gewesen, meine Mandeln anzustupsen. Und dann zog er sich wieder zurück. Es war wundervoll.

Er drückte erneut; Ich glitt wieder hinein und ich spürte, wie Sandra Gleitgel auf uns tröpfelte, als wir wieder miteinander verschmolzen. Es tropfte an seinem Schwanz und meinem Anus vorbei zu meiner Muschi und ich sehnte mich danach, es berührt zu bekommen. Dan fing jetzt an, meinen Arsch zu ficken, und als ich mich anpasste , genoss ich es wirklich, ganz leicht zu schaukeln, um sein Eindringen in meinen Hintern zu fördern.

Ich wollte, dass meine Klitoris berührt wird. Ich war Feuer und Flamme. Ich wusste, es würde nur die geringste Berührung brauchen, um mich zum Abspritzen zu bringen, wie ich es noch nie zuvor getan hatte, aber ich konnte nichts tun, um es zu erreichen. Und dann kam Dan und überschwemmte meinen Hintern mit seinem Samen.

„Vielen Dank Sandra“, bot er an, bevor er ins Badezimmer ging.

„Lass mich dich sauber machen, Erika“, sagte Sandra in seiner Abwesenheit. Ich spürte, wie ihre Zunge den Schlitz meiner Muschi bis zu meinem Anus leckte, wo sie leckte und saugte, bis kein Sperma mehr übrig war.

„Nun, Sandra, ich muss gehen“, sagte Dan, als er aus dem Badezimmer zurückkam. "Danke für diesen wunderbaren Besuch."

„Jederzeit, Dan, ich bin froh, dass du vorbeigeschaut hast“, antwortete sie. Sie begleitete ihn zur Tür. Sie rollte mich auf meine Seite, immer noch gefesselt, und setzte sich dann hin, um fernzusehen.

Ich lag auf dem Boden, gerade noch in der Lage, den Fernseher zu sehen, von Sandra abgewandt. Ich konnte meinen Kopf nicht weit genug drehen, um sie tatsächlich zu sehen . Es war unvermeidlich, dass es passieren würde, und obwohl ich etwas anderes gehofft hatte, musste ich pinkeln.

„Bitte, Herrin, ich muss auf die Toilette", sagte ich, ohne zu erwarten, dass ich es durfte, aber für alle Fälle fragen musste.

„Nun, ich schaue fern und habe keine Zeit, dich loszubinden, also kannst du entweder bis zum Ende der Show durchhalten oder dich einfach erleichtern. Ich habe versucht, durchzuhalten, aber letztendlich ohne Erfolg, vor dem Ende der Show hatte ich keine andere Wahl, als meine Pisse loszulassen.

Als ich fertig war , lag ich in meiner Pisse
auf dem Boden und war überrascht, als
ich spürte, dass Sandra auf mich
zugekommen war. Ich fühlte, wie ihre
Hand meine Hüfte streichelte und über
mein Gesäß glitt, um meine mit Urin
getränkte Muschi mit ihren Fingern zu
berühren. Sie ließ sie an meinem Schlitz
hin und her gleiten und bald veränderte
sich die Feuchtigkeit, die mich bedeckte.
Ein Finger tastete meinen Anus ab und
arbeitete sich langsam hinein, und dann
glitt einer zu meiner völligen
Überraschung in meine Muschi.

Muschi hatte, und plötzlich wurde mir
klar, wie sehr ich es mir gewünscht
hatte. Dann löste Sandra die Schnüre, die
mich fesselten.

„Komm mit, es ist an der Zeit, dass wir
mehr Spaß haben." Ich legte die letzten
Schnüre ab, stand langsam vom Boden
auf und massierte meinen Körper, wo sie
befestigt waren. Ich war ungefähr eine

gute Stunde in dieser Position und stolperte ein wenig bei meinem ersten Schritt. Sandra führte mich ins Badezimmer und drehte die Dusche auf.

Sandra fuhr mit ihrer Hand an der Seite meines Körpers auf und ab, die in meinem Urin gelegen hatte. Ihre nasse Hand umfasste meine Brust und dann senkte sie ihren Kopf zu meiner Brustwarze und saugte daran. Dann öffnete sie die Gittertür zur Duschnische, trat ein und bedeutete mir, ihr zu folgen.

„Knie da runter, Erika", sagte sie und deutete auf den Boden vor ihr. Ich kniete auf dem Boden, mein Gesicht auf Höhe ihrer Muschi, die Augen nach oben gerichtet und bestaunte die Unterseite ihrer hängenden Brüste. Das Wasser spritzte gegen Sandras Rücken und ich schaffte es nur gelegentlich, einen vereinzelten Strahl zu bekommen, wenn sie sich bewegte.

Sandra brachte ihre Hände zu ihrer Muschi und spreizte ihre Lippen vor mir, dann lehnte sie sich leicht zurück. Ein Teil des Wassers floss jetzt über ihre Schultern auf mich zu, während ein Teil zwischen ihren Brüsten zu ihrer Muschi lief. Während ich zusah, meine Augen ihre Schönheit überblickten und den Anblick verdrängten, begann sie zu pinkeln. Ein Strahl warmer Pisse strömte kurz aus ihrer Muschi und traf mich am Hals. Sandra beugte sich wieder vor und beobachtete, wie sie über meine Titten pisste.

"Mach den Mund auf Erika, trink meine Pisse." Ich saß da und sah sie an, ohne mich zu bewegen. "Erika, das war keine Bitte, das war ein Befehl. Trink meine Pisse." Der Strom hatte jetzt aufgehört, Sandra hielt sich offensichtlich zurück, um ein Zeichen meiner Bereitschaft zu geben, ihrer Bitte nachzukommen. Sie streckte eine Hand aus und griff nach

meinen Haaren, neigte meinen Kopf
nach hinten und stieg über mich, sodass
ihre Muschi nur einen Zentimeter von
meinem Mund entfernt war.

„Mach es nicht schwierig, Spielzeug.
Offensichtlich bist du noch nicht bereit
für das Vergnügen, das ich dir erlauben
wollte." Ich spürte, wie ihre Pisse auf
meine Lippen traf und sie
zusammengepresst hielt, während sie
über sie und meinen Hals und meine
Brust hinunterfloss. Als sie fertig war,
trat sie von mir weg und dann aus der
Dusche. Sie griff wieder hinein und
drehte das Wasser ab.

Ich bewegte mich nicht, weil ich spürte,
dass sich die Stimmung geändert hatte.
Sandra trocknete sich langsam ab und
verließ dann das Zimmer. Als sie
zurückkam, hatte sie die Kabelstücke
aus dem Wohnzimmer. Sie waren
merklich feucht. Sandra nahm eine und
legte sie mir um den Hals, bevor sie mir

sagte, ich solle ihr folgen. Es war nicht
fest und ich bemerkte auch, dass es
überhaupt kein Schlupfknoten war, es
schien einfach die Beziehung zwischen
uns wieder zu definieren. Meister und
Diener.

Zurück im Schlafzimmer sagte mir
Sandra, ich solle in eine Hundestellung
gehen. Ich tat, was mir gesagt wurde ,
und sie ging zu ihrem Schrank. Nachdem
sie eine Weile darin herumgefischt hatte,
kam sie mit einem riesigen schwarzen
Dildo und einer Tube Gleitmittel zurück.
Sie fing schnell an, meinen Anus mit
einer Reihe von Fingern
einzuschmieren, die jetzt in mich
geschoben wurden. Dann bewegte sie
sich vor mich und tropfte Gleitmittel auf
das riesige Stück Gummi, das sie hielt,
direkt vor meinen Augen. Ich hatte keine
Ahnung, wie es in mein Arschloch
passen sollte.

Ich fand es jedoch bald heraus, als sie es langsam aber fest gegen mein gekräuseltes Loch drückte. Ich spürte, wie ich mich streckte, weiter als je zuvor. Ich war mir sicher, dass sie meinen Anus zerreißen würde, aber sie wusste, was sie tat. Sie brauchte 15 Minuten, um zufrieden zu sein, wie viel von diesem Monster sie in meinem Hintern hatte, und dann hörte sie auf. Ich atmete erleichtert auf, als sie aufhörte, ihn tiefer zu drücken. Ich war auf Händen und Knien und konnte spüren, wie es wieder herausrutschte, als sie es losließ. Dies wurde jedoch schnell gestoppt, als Sandra eine Kordel darum band und dann um ein Bein, das andere und auch meinen Hals.

Als sie mich auf die Seite legten, wurden meine Hände an das Bettbein gefesselt und meine Fußgelenke zusammengebunden.

„Gute Nacht, Spielzeug", sagte Sandra.

„Gute Nacht, Herrin", erwiderte ich leise. Ich habe in dieser Nacht nicht wirklich geschlafen. Ich war einfach nicht bequem genug. Ich döste gelegentlich, aber das war es auch schon. Und wenn ich mitten in der Nacht pinkeln musste, machte ich keinen Versuch, etwas anderes zu tun, als dort zu pinkeln, wo ich lag.

Als Sandra aufwachte, ging sie direkt zu ihrem Schrank und zog eine Lederpeitsche heraus. Sie brachte mich wieder in eine Hündchenstellung und schwang dann die Peitsche gegen meinen Hintern.

Zas!. Ich zuckte zusammen, als ich das Stechen des Leders spürte.

„Ich denke, danach könntest du wirklich verstehen, dass ich absolut gehorsam sein muss", war das einzige, was sie zu mir sagte, bevor die Peitsche wieder und wieder meinen Rücken und meinen Hintern traf. Keine Haut war gebrochen, aber es brannte und ich wusste, dass es viele rote Flecken geben würde, wenn ich mich im Spiegel sehen könnte.

Nach einiger Zeit wurde ich wieder verlassen und bewegte mich nicht. Als Sandra zurückkam, hatte sie einen Stuhl. Sie stellte es vor mich hin und verließ dann wieder das Zimmer. Als sie dieses Mal zurückkam, hatte sie zwei Schüsseln Müsli dabei. Sie stellte einen vor mir auf den Boden und setzte sich mit dem anderen auf den Stuhl.

„Iss", war alles, was sie sagte. Ich wollte die Schüssel mit meinen Händen aufheben, hielt aber inne, als sie hinzufügte: „Keine Hände." Ich senkte mein Gesicht zur Schüssel und aß das Müsli wie ein Hund, während sie nackt vor mir saß und ihr eigenes Frühstück

aß. Als ich so viel wie möglich aus der
Schüssel gegessen hatte , saß ich wieder
auf meinen Fersen und wartete, den
massiven Dildo immer noch in meinem
Arsch vergraben und zwischen meinen
Füßen herausragend. Ich achtete darauf,
es nicht weiter zu forcieren. Sandra
beendete ihr Frühstück, stand auf und
kam auf mich zu.

Sie stand wieder über mir, ihre Muschi
einen Zentimeter von meinem Mund
entfernt.

„Mach den Mund auf Erika", sagte sie
ganz ruhig. Ich zögerte. Sie packte mich
an den Haaren und zog daran. Es fühlte
sich an, als würde sie es mir von der
Kopfhaut reißen. Ich öffnete meinen
Mund. Sandra fing an in meinen Mund zu
pissen. Ich ließ es füllen , ohne zu
schlucken, und dann lief mein Mund
über und ihre Pisse lief meinen Hals
hinunter und über meine Brüste. Sie
schien ewig zu pinkeln und ich fragte

mich, wie viel Wasser sie in Vorbereitung auf diesen Morgen getrunken hatte. Es muss viel gewesen sein.

Als sie fertig war, ließ sie meine Haare los und ich ließ die letzte ihrer Pisse aus meinem Mund laufen.

"Sehen Sie, das ist es, was ein gutes Spielzeug tut." Sie beugte sich hinunter und küsste mich, tauchte ihre Zunge in meinen mit Pisse getränkten Mund und leckte dann mein Gesicht. Sie löste die Schnüre, die mich gefesselt hatten, und schließlich wurde das massive Spielzeug von meinem Anus entfernt.

"Geh aufs Bett, Erika." Ich kletterte auf das Bett und legte mich auf den Rücken. Sandra bewegte sich über mich, ihre Brüste hingen unter ihr und zogen über mein Fleisch. Ich zitterte, als eine Brustwarze über meinen glatten Hügel

und dann über meinen Bauch streifte.
Sie drückte sie gegen meine eigenen
kleinen Brüste und küsste mich dann,
wobei sie sich an meinem Oberschenkel
rieb.

Ich erwiderte den Kuss leidenschaftlich
und ließ meine Hände zu ihren Seiten
und dann zu ihren Arschbacken
wandern , wobei ich mich fragte, ob es
eine Grenze gab, die ich nicht
überschreiten sollte, und was es
wahrscheinlich sein würde. Aber Sandra
schien das jetzt egal zu sein. Sie setzte
sich über mich und rutschte dann nach
vorne, bis sie ihre Muschi gegen mein
Gesicht drückte. Ich aß sie, benutzte
meine Zunge, um ihren Kitzler zu lecken
und zu streicheln , drückte meinen
ganzen Mund gegen sie und tastete mit
meiner Zunge nach innen. Sandra rieb
sich an mir und es dauerte nicht lange,
bis sie kam.

Dann fing Sandra wieder an, meinen Körper hinunterzuwandern, dieses Mal küsste und saugte und biss sie mit ihren Lippen, ihrer Zunge und ihren Zähnen, während sie mein Fleisch hinunterfuhr. Als sie meine Muschi erreichte , dachte ich, ich würde sofort explodieren. Die Liebkosung ihrer Zunge an meiner Klitoris ließ mich als Reaktion zusammenzucken.

Ich war so geil von der Woche der Entbehrung und Beliebigkeit, dass ich dachte, ich gehe gleich los. Aber Sandra war offensichtlich geübt und wusste, was sie tat. Sie neckte mich fast bis zum Orgasmus und zog sich dann zurück, knabberte und küsste meine inneren Schenkel oder zog mit ihren Fingern an meinen Nippeln. Dann griff sie meine Muschi wieder an, bis ich fast da war. Sie drückte meine Knie zu meiner Brust hoch und trieb ihre Zunge tief in mich hinein, dann leckte sie hinunter zu

meinem Anus und wiederholte ihre
Aktion dort.

Schließlich ließ sie mich los, nahm
meinen Kitzler zwischen ihre Lippen,
zog und saugte daran. Ich schrie, als
mich mein Orgasmus durchfuhr, meine
Beine zitterten und zuckten vor Kraft.
Ich fühlte, wie ich Flüssigkeit spritzte,
als ich kam, das erste Mal überhaupt.
Sandra leckte an meiner Muschi, putzte
und liebte sie.

Nachdem ich mich erholt hatte,
schleppte sie mich in die Dusche, wo wir
uns säuberten, berührten und
streichelten. Es war seltsam, dass diese
Frau, die meine Geliebte war, plötzlich
so sensibel mit ihren Berührungen
umging. Es war, als hätte ich mich
gebrochen, das Spiel war vorbei.

Später am Tag verabschiedete ich mich
von Sandra und ging. Ich frage mich oft,

ob ich sie besuchen soll und wen ich vielleicht gefesselt auf dem Boden vorfinde, wenn ich es täte.

Eines Tages werde ich.

ENDE